JOURNAL ASIATIQUE

OU

RECUEIL DE MÉMOIRES

D'EXTRAITS ET DE NOTICES

RELATIFS À L'HISTOIRE, À LA PHILOSOPHIE, AUX LANGUES
ET À LA LITTÉRATURE DES PEUPLES ORIENTAUX

# MUDGALA

## OU L'HYMNE DU MARTEAU

(SUITE D'ÉNIGMES VÉDIQUES)

PAR M. V. HENRY

(Extrait du n° de Novembre-Décembre 1895.)

PARIS

IMPRIMERIE NATIONALE

M DCCC XCVI

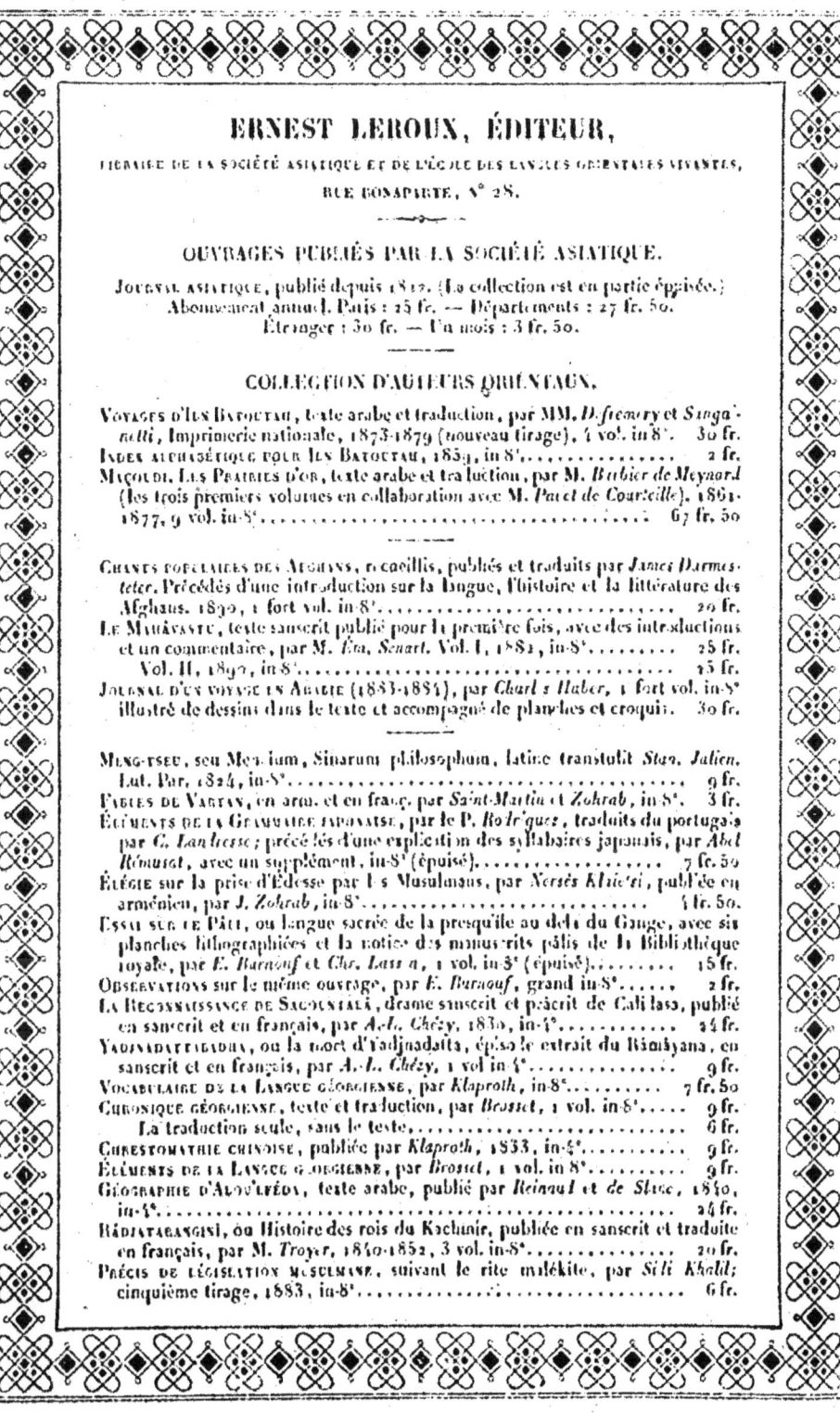

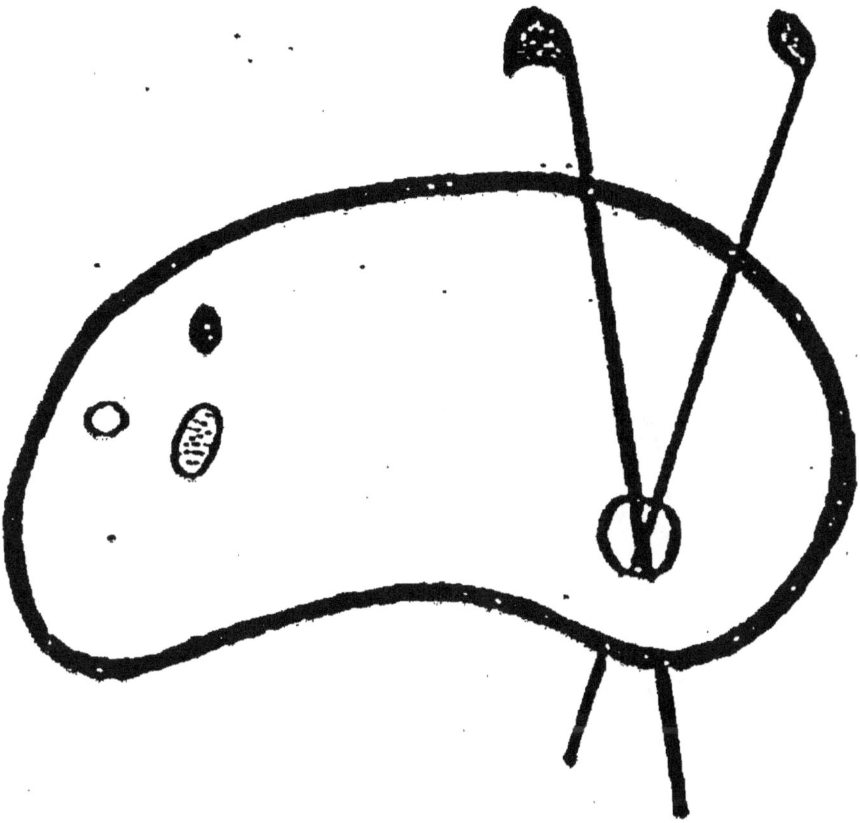

FIN D'UNE SERIE DE DOCUMENTS
EN COULEUR

# MUDGALA

## OU L'HYMNE DU MARTEAU

# MUDGALA

## OU L'HYMNE DU MARTEAU

(SUITE D'ÉNIGMES VÉDIQUES)

PAR

M. V. HENRY

EXTRAIT DU JOURNAL ASIATIQUE



PARIS
IMPRIMERIE NATIONALE

M DCCC XCVI

# MUDGALA

## OU L'HYMNE DU MARTEAU

### (SUITE D'ÉNIGMES VÉDIQUES).

« Tout est dit et l'on vient trop tard », semble-t-il, après tant d'indianistes de talent qui se sont attaqués à l'obscur morceau de « l'aventure de Mudgala » (*R. V.*, x, 102)[1]; et aussi bien, si j'en hasarde une nouvelle analyse, ce n'est pas que j'espère ajouter beaucoup d'éléments vraiment nouveaux aux lumineuses suggestions du dernier interprète. Je ne veux que montrer comment un système de traduction rigoureusement littérale et l'application subsidiaire de la méthode de la « devinette primitive », déjà exposée ailleurs, peuvent sans supercherie ni violence raccorder et vivifier ces vieux fragments épars de mythes, évoqués ici pêle-mêle par un poète qui, écrivant une pièce lyrique et non point épique, n'avait ni l'intention ni le devoir de les coordonner. Qu'il y

[1] Grassmann, *R. V.*, II, p. 384; Ludwig, *R. V.*, II, p. 610, et v, p. 484; Bergaigne, *Rel. Véd.*, II, p. 280; (Pischel-) Geldner, *Ved. Stud.*, II, p. 1; Bradke, *Ztschr. d. D. Morg. Ges.*, XLVI, p. 445; Bloomfield, *Contrib. to the interpr. of the Veda*, VI = XLVIII, p. 541.

ait eu quelque part un conte de « Mudgala et Mudgalânî », c'est ce qu'on doit sans difficulté concéder à M. Geldner et au soin scrupuleux qu'il a pris de le suivre à la piste dans la littérature postérieure; mais, que ce conte ait déjà été constitué à l'époque de la composition de l'hymne, c'est ce qu'on peut fort légitimement lui contester et, en tout cas, ce que rien ne démontre. Tel qu'il se comporte, le morceau ne nous présente qu'une suite de tableaux isolés : il faut donc commencer par prendre chacun de ces tableaux pour ce qu'il est, l'envisager à part comme se suffisant à lui-même, et essayer de retrouver la représentation rudimentaire sous les accessoires descriptifs qui la surchargent. Si des mythes aux contours très arrêtés, comme ceux de Sisyphe et de Tantale, ont pu naître de quelques formulettes énigmatiques qui visaient le cours et les aventures du Soleil[1], à bien plus forte raison verrons-nous se refléter les naïves allégories des premiers âges dans les images imprécises qui vont flotter devant nos yeux.

Je pose en prémisses, sans m'attarder à les démontrer davantage, les identifications nominales impeccablement déduites par M. Bloomfield. Puisque le sens de « hache » ou « marteau » nous est attesté

[1] V. Henry, *Quelques mythes naturalistes*, in *Rev. des études grecques*, V, p. 281. — Je prie qu'on ne se méprenne pas sur le sentiment qui me portera à me citer trop souvent : ce n'est pas que je me donne pour une autorité, mais *tout au contraire* parce que j'ai à cœur de prévenir les objections en faisant ressortir au moins la consistance de mes hypothèses.

pour *drughaṇá* par l'unanimité des commentateurs, et qu'au surplus l'étymologie le confirme, il n'y a aucune raison d'y rien changer; d'autant que le marteau d'Indra est aussi intelligible que celui de Héphaistos fendant le front de Zeus pour en faire jaillir Athéné (le tonnerre qui brise la voûte du ciel et donne essor à l'éclair). Puisque le *kū́ṭa* de notre morceau est une arme qui broie, on le reconnaîtra synonyme du *drughaṇá*, et l'on attribuera sans hésiter le même sens à *múdgala*, dont le doublet classique *mudgara* signifie précisément « marteau ». Voilà donc trois noms pour un même accessoire et, de plus, un dédoublement mythique, puisque la troisième s'incarne en un personnage. Ainsi Titye, le foie de Titye et le vautour qui le ronge sont trois représentations d'une seule et même entité[1]. Ces jeux des idées entre elles, que traduit à la lettre la profonde devise de la Bhagavad-Gītā « *guṇā guṇeṣu vartante* », sont de trop commune occurrence pour surprendre même le plus novice ou le plus réfractaire en mythologie comparée.

D'autre part, ce n'est point en vain non plus que celle qui se nomme *mudgalānī*, « le marteau femelle » ou « l'épouse de Mudgala », porte concurremment le nom d'*indrasenā*, qui ne saurait originairement appartenir qu'à une épouse d'Indra : grave présomption, dès l'abord, en faveur de la nature tempêtueuse du couple dont les exploits vont nous être chantés

[1] V. Henry, *Quelques mythes naturalistes*, in *Rev. des études grecques*, V, p. 301.

dans le style et les termes mêmes habituellement consacrés à la glorification du Dieu du tonnerre, soit Indra, soit Parjanya.

Et, si enfin Indra nous apparaît comme le protecteur et le patron du couple fougueux qui n'est autre chose qu'un dédoublement de sa propre personnalité, nous serions mal venus à nous en étonner, aussi bien que de l'aide apportée par Viṣṇu à Indra ou par Hercule à Thésée : de deux héros à fonction similaire, si l'un passe au premier plan, l'autre presque forcément devient son auxiliaire; c'est l'ABC du folk-lore[1].

Cela posé, un mot à mot tout à fait insoucieux d'élégance nous garantira contre les velléités d'interprétation hâtive, en suivant pas à pas les difficultés matérielles du texte, mais en en saccageant impitoyablement les beautés, que nous nous efforcerons de faire revivre quand nous croirons l'avoir compris à fond. Les lecteurs qui voudront bien s'y reporter dès à présent ne pourront, en dépit de la recherche du mot rare et de l'expression contournée, y méconnaître l'œuvre d'un vrai poète, ni s'empêcher d'admirer la richesse de la langue, la vivacité des images et le mouvement entraînant d'un rythme de triṣṭubh-jagatī dont l'absolue correction n'exclut ni la variété ni la souplesse.

[1] Par exemple, dans *A. V.*, XI, 9, 4, on peut voir le grand Indra devenu modestement l'auxiliaire de deux démons de rang très inférieur, qui, de toute évidence, ne sont que des incarnations de sa propre foudre : V. Henry, *Ath. Véda*, X-XII, p. 127 et 164 sq.

# I

« Ton char dévastateur(?), | puisse Indra le seconder avec audace! || En ce glorieux combat, ô toi qu'un grand nombre invoque, | seconde-nous afin que nous jouissions de la richesse! »

Simple prélude sous forme de prière. Rien n'empêche, évidemment, de supposer avec M. Geldner que c'est Mudgala lui-même qui, s'adressant à son épouse, implore la protection de leur patron sur le char qu'elle conduit; mais ce peut aussi bien être le poète qui, dans un élan lyrique, se transporte sur le champ de l'action et prie pour son héros. Dans le style mouvementé de l'ode, les deux suppositions se confondent, et le choix entre elles n'influe en rien sur le sens, qui est d'une parfaite clarté, à la seule réserve de l'épithète *mithūkṛ́tam* inconnue partout ailleurs.

L'accentuation ne pouvant se rapporter qu'à *mithūkṛ́t*, composé à sens nécessairement actif, la traduction « fait de travers » (P. W.) est exclue de plein droit. L'acception reçue de *mithu* est « de travers », et non pas « d'une manière trompeuse », ce qui n'exclut pas moins le sens « trompeur, illusoire » (Geldner). Dans cet ordre d'idées, il n'y a qu'un équivalent possible, « qui fait de travers », et l'on ne voit pas trop ce qu'il signifie. Toutefois, M. Bloomfield ayant rendu au moins probable le sens « endommager » pour *mithū kar*, on ne fera point difficulté d'accepter la version « dévastateur », qui convient parfaitement au char d'un guerrier et à l'esprit du morceau.

Il y aurait encore une échappatoire : dans la langue souvent factice et intentionnellement obscure de notre Lycophron, ne se pourrait-il pas que *mithu* « de travers » fût employé pour « de guingois, obliquement », et que *-kṛt* se rattachât non point à *kar* « faire », mais à *kart* « couper »? Alors la pensée se reporterait d'elle-même à une autre formule, précisément adressée à Indra : *gór ná párva ví radā tiraçcā*[1] (*R. V.*, I, 61, 12), « tranche en quelque sorte *par le travers* les articulations de la vache »; la vache, c'est le nuage, puisque la coupure fait écouler les eaux (*iṣyann árṇāṃsi*), et c'est obliquement que l'éclair fend la nue. Je n'insiste pas sur cette voie détournée et sur cette première suggestion naturaliste : aussi bien notre stance ne l'exige-t-elle pas le moins du monde; mais il ne serait pas sans intérêt de remplacer une simple épithète d'ornement par un détail topique.

## II

« Le vent emporte son vêtement, | alors qu'elle conquérait une charge de char dix fois centuple. || Elle fut conductrice de char, Mudgalânī, dans la

[1] J'ai dit ailleurs (*Revue critique*, XL, p. 61) la raison qui, malgré le Congrès de Genève, me fait maintenir le *ç* tout au moins dans les transcriptions de sanscrit védique.

recherche des vaches; | le gain qu'Indrasenâ a réalisé en butin, elle (Indrasenâ) l'a empilé. »

Le texte se comprend à la lecture; mais l'analyse des idées requiert une légère interversion dans l'ordre des vers.

*c.* Nous apprenons que, des deux personnages montés sur le char[1], Mudgalânī est le cocher et, par conséquent, Mudgala le *savyaṣṭhâ* (*A. V.*, VIII, 8, 23) ou guerrier combattant; car, d'imaginer que Mudgalânī l'occupe seule et que son mari la regarde courir (Geldner), c'est une fantaisie que réfuteraient déjà nos prémisses si d'ailleurs la lettre même du vers ne la condamnait. Il ne s'agit nullement d'une course de chars: le mot *gáviṣṭi*, « recherche des vaches », c'est-à-dire « razzia », a en védique un sens constant et précis que personne n'a jamais contesté, celui de « combat », et un combat suppose le char monté par deux personnes dont on connaît le rôle: notion courante qui ne devrait pas être oubliée de ceux surtout qui ont la prétention de n'expliquer l'Inde que par elle-même[2].

*b.* Le combat se propose la conquête, non seulement des vaches, mais de toute espèce de butin, qu'on chargera, pour l'emporter, sur les chars victorieux: le mot *ádhirâtham* équivaut donc à « butin

[1] On verra plus bas que c'est un chariot à bœufs (*ánas*).

[2] Cf. au surplus *R. V.*, v, 63, 5, où *gáviṣṭisu* figure dans une comparaison, mais, par une coïncidence curieuse, vise tout comme ici en définitive l'acte héroïque de « faire tomber la pluie ».

non vivant » s'apposant au *sinavat* (11 d), butin vivant qu'on se contente de chasser devant soi; et l'on en trouvera la preuve dans ses trois autres emplois, où il se construit de même, au singulier ou au pluriel (*R. V.*, x, 98, 4, 9 et 10), soit en tout cas « mille butins ».

*d.* La même idée, exprimée sous une autre forme, et avec la métaphore, bien connue quoique un peu obscure pour nous, que les poètes védiques tirent des règles du jeu de dés. Comme il n'est pas probable que nous pénétrions jamais le secret des martingales de l'Inde[1], l'acte exprimé par le terme *vi ci* demeurera toujours pour nous une petite énigme, dont, pour ma part, je me résigne à ne pas même chercher la clef, amplement satisfait de savoir à coup sûr que c'est le fait d'un joueur heureux. La controverse ne saurait porter sur ce point, et aussi aucun interprète n'a-t-il jamais argué du sens de *vy àcet*, qui ne nous aide ni ne nous gêne en rien.

*a.* Au contraire, le détail par lequel débute la stance est à la fois caractéristique et pittoresque : il cadre à merveille avec la description d'une course impétueuse; combien mieux encore avec celle de la nuée d'orage que le vent tord et déchire! La devinette sous-jacente serait bien aisée à reconstruire.

[1] V. pourtant l'hymne *A. V.*, VII, 50, dans ma traduction commentée, *A. V.*, VII, p. 18 et 75 (*termes techniques du jeu de dés*).

Mais passons : la justesse de l'application ne pourra ressortir que des traits qui vont suivre[1].

## III

« De celui qui veut frapper retiens | le foudre, ô Indra, de celui qui menace; || du Dāsa ou de l'Ārya, ô Maghavan, | écarte et chasse l'arme meurtrière. »

Invocation dans le même goût que la stance I, mais encore moins intéressante : on en trouve de ce genre par milliers dans les Védas, et tout ce qu'on en saurait dire, c'est qu'elle s'applique fort bien à une bataille et fort mal à une course de chars. C'est toujours, soit Mudgala qui parle, soit le poète en son nom. Mais le mètre et le ton changent : nous allons apprendre du nouveau.

## IV

« C'est une masse d'eau qu'il a bue dans sa fougue, | et le marteau, broyant l'hostilité, marche; || le mâle puissant[2], avide de gloire, en avant | a porté ses deux bras, avide de conquête. »

[1] Faut-il rappeler encore une fois que, dans ma pensée, au moment de la composition du morceau, ces devinettes ont cessé d'être des énigmes courantes et nettement comprises, et sont devenues en quelque sorte des clichés lyriques, des lieux communs où le poète puise à volonté pour enrichir son fonds de métaphores? Cf. *A. V.*, VIII-IX, préface.

[2] Le texte est plus cru, « *testiculifer* ».

*a*. Qui? Ce n'est sûrement pas Indra (Grassmann[1]), dont il n'est pas question dans la stance et qui ne joue aucun rôle dans le récit. Mais aucune hésitation n'est possible, car le sujet de la phrase n'est pas même sous-entendu : il suffit de l'aller chercher, par-delà le vers *b*[2], dans l'autre moitié de la stance où il est qualifié de *muṣkábhāra*, et, celui-ci à son tour, — que l'on songe seulement à l'appendice inguinal du Kherub assyrien, dont le symbolisme est manifestement le même que celui du Taureau védique, — se confondant sans difficulté avec le *vṛṣabhá* de la stance suivante, on voit que dès à présent il est question du taureau attelé au chariot. Il faut, en effet, qu'il ait avalé un lac, ce taureau, puisqu'il urine à torrents (5 *b*); et, si l'on veut un pendant exact à la présente devinette, on le trouvera dans le fameux hymne en énigmes du *R. V.*, I. 164, 7 = *A. V.*, IX, 9, 5, où sont décrites les vaches célestes qui boivent de l'eau par le pied (les nuées pluvieuses[3]). Le jeu d'esprit originaire se laisse rétablir à peu près sous cette forme : « Quel est le taureau fougueux qui a englouti tout un lac? — Le nuage; car il court, il mugit, et son urine fait un déluge. »

*b*. Le sens de *kū́ṭa* est presque assuré par les

[1] Au lexique; car, dans sa traduction versifiée, l'excellent védisant a été pris d'un repentir, ce qui lui arrive souvent.

[2] Ces sortes de parenthèses, comme on sait, foisonnent dans les Védas.

[3] V. Henry, *A. V.*, VIII-IX, p. 108 et 145.

considérations rappelées au début et par l'emploi du verbe *tarh* « broyer »: arme offensive (*A. V.*, VIII, 8, 16), arme contondante, quelque chose comme le marteau magique de Thor, qui, lui aussi, symbolise la foudre. On voit que le poète passe brusquement à une nouvelle image: le mot *járhṛṣāṇaḥ* « fougueux » a amené la transition, et il se représente le chariot en marche et Mudgala, debout à la gauche de Mudgalānī, abattant sa massue sur les rangs ennemis.

*c-d.* Une seule circonstance pourrait s'opposer à ce qu'on reconnût dans le *muṣkábhāra* le taureau attelé : il a « deux bras » qu'il « porte en avant ». Mais il n'y aurait rien là de péremptoire : le taureau ou la vache céleste est le double d'un Dieu ou d'une Déesse, personnage monstrueux et quasi-humain, et souvent il figure dans les hymnes avec les attributs de l'humanité, deux bras, deux seins [1], etc., comme on en voit aussi à ses congénères sur les bas-reliefs ninivites. Cette remarque même, au surplus, est oiseuse; car la traduction de *bāhú* par « pieds de devant », acceptée sans commentaire par Grassmann et M. Geldner, s'étaye ici de l'emploi du neutre adverbial *ajirám* « agilement », et elle concilie tout. Le taureau « porte vivement en avant ses pieds de devant » : c'est dire qu'il court et que notre demi-stance complète heureusement le tableau.

[1] *A. V.*, IX, 7, 7; X, 9, 25, etc.

## V

« Ils l'ont fait mugir en l'abordant; | ils ont fait uriner le taureau au milieu de la lutte[1]. || Grâce à lui, un lot bien nourri et mille fois centuple | de vaches est échu en butin à Mudgala. »

*a*. Que vise ce pluriel? Indubitablement les ennemis; car *úpa i* a pour premier sens « herantreten (freundlich und *feindlich*) » *P. W.*, et il est tout naturel que le taureau mugisse alors qu'on l'assaille. L'application à l'orage est de style courant.

*b*. Il est moins aisé de comprendre que ce soient les ennemis qui « fassent uriner » le taureau; et pourtant les deux verbes parallèles ne sauraient avoir deux sujets différents. Après tout, ce devait sembler un moyen souverain d'arrêter son élan[2], et peut-être existait-il aux temps védiques une ruse de guerre, une recette pour induire les animaux de trait à se soulager, — par exemple, en leur lançant une douche inguinale, — et paralyser ainsi leurs conducteurs: expédient presque assuré du succès, lorsque ceux-ci avaient commis l'imprudence de leur laisser « boire un lac » avant le départ. Quoi qu'il en soit de cette

[1] Ou « de l'arène, du champ de bataille », les deux sens étant possibles à la fois et faisant jeu de mots.

[2] C'est bien aussi, semble-t-il, la pensée de Sāyaṇa : *mūtrapurīṣotsargaṃ vigramūrthaṃ kāritavantaḥ*.

particularité, je ne pense pas que le sceptique le plus déterminé hésite un instant devant le sens du mythe du taureau qui urine. Au milieu du combat; car c'est après le premier éclair, quand la lutte des éléments est déjà engagée, que commence à tomber la pluie. Au milieu de l'arène; car ce n'est ni en arrivant ni en s'enfuyant que le nuage verse ses eaux sur nous : pour que nous les recevions, il faut qu'il plane sur nos têtes et semble suspendre au zénith sa course aventureuse. La description est donc parfaite de tout point et se ramène à une formulette telle que : « Le taureau mugit, s'élance, puis s'arrête un moment et urine : qui est-ce? »

*c-d.* Mais les ennemis en sont pour leurs frais d'invention : le taureau se remet ou même continue [1] à courir (6 *c d*), et la victoire qu'il assure à Mudgala vaudra au héros un riche butin.

## VI

« Le taureau fut attelé pour le *kakárda* [2]; | le chevelu qu'il traînait poussa un grand cri; || de l'impétueux attelé courant avec le chariot | les déjections atteignent Mudgalânî. »

[1] Il est clair que les deux concepts sont également plausibles : on peut se représenter la nue comme un instant immobile ou comme poursuivant même au zénith sa fuite échevelée.

[2] Datif; ou « attelé au *kakárdara* » (locatif) : au point de vue du mot à mot formel, il n'y a aucune raison de décider.

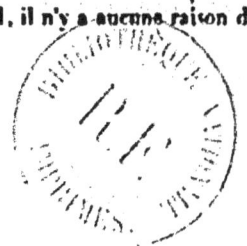

*a.* Pour voir dans le *kakárdu* un certain animal (Grassmann, P. W.) ou un taureau de bois (Geldner), compagnon de joug du taureau ci-dessus, il faut traduire *yuktá* par « joint à »; mais *yuktá*, en parlant d'un animal de trait, signifie toujours « attelé à », et il le signifie sûrement en *c* où il a pour corrélatif les mots *sahánqsā* « au chariot » : il a donc toutes chances de le signifier aussi en *a.* Cela posé, *kakárdave* pourrait-il signifier « au chariot » (Bloomfield)? Difficilement : le complément de *yuktá* se met au locatif. Il reste donc que *kakárdave* soit un datif du but et doive se traduire « en vue de la bataille », comme tant d'autres datifs compléments du verbe *yuj.* Il est vrai que ce sens est absolument divinatoire et ne s'appuie sur aucune donnée étymologique ou autre; mais nous en avons un garant qui n'est point tant méprisable : *hiṃsanāya çatrūṇām*, commente Sāyaṇa. Nul n'est moins que moi fanatique de Sāyaṇa; mais, entre quatre conjectures en l'air, il est bien permis de préférer celle qui se rencontre avec son témoignage, surtout si, dans cette admission, le vers bien ou mal dit quelque chose. Or, en effet, la circonstance n'est pas insignifiante et mérite d'être relevée, puisque ce n'est point, dans l'usage, un *ánas* et un taureau qu'on attelle « pour la bataille », mais un cheval à un *rátha.*

*b.* Le mot *sárathi* ne signifie pas nécessairement « cocher » (Geldner), mais « compagnon de char » et plus spécialement « compagnon du cocher », par suite « guerrier combattant »[1]. D'autre part, je me suis toujours refusé à croire et n'accorderai jamais que le sanscrit védique fût à ce point un jargon, qu'on y pût dire à volonté « chevelu » pour « chevelue » (*keçinī*)[2]. C'est donc bien Mudgala que le vers désigne : il est chevelu comme Rudra, et il hurle comme Parjanya; la personnification de l'orage est complète.

*c*. Le sens « impétueux » pour *dúdhi* (Bloomfield), de la fausse racine *dudh* « urgère »[3], est presque certain. Ce qui l'est absolument, c'est qu'il ne signifie point « raide »; et, la traduction en fût-elle douteuse, il paraîtra sans doute excessif à tous les interprètes d'appuyer sur un sens hypothétique une invention aussi étrange en elle-même que celle du taureau de bois (Geldner).

*d*. Les *niṣ-pádas*, d'après leur étymologie, ne peu-

[1] Lorsque Indra est le *sárathi* de Vāyu (*R. V.*, IV, 46, 2), c'est sûrement Vāyu qui conduit et Indra qui combat. Le P. W., qui rend exclusivement *sárathi* par « cocher », n'ose pourtant pas maintenir ce sens dans *indrasārathi*. L'opposition du *sárathi* au *savyaṣṭhā* (*A. V.*, VIII, 8, 23; *T. B.*, I, 7, 9, 1) n'est probante que pour les passages où elle se rencontre. Mais enfin, si l'on tient à ce que le *sárathi* soit toujours le cocher, j'y souscrirai : soit; c'est alors ici Mudgala qui conduit; ces changements à vue kaléidoscopiques sont fréquents dans les contes aussi bien que dans les hymnes.

[2] V. Henry, *Rev. crit.*, XXXIV, p. 427, et *infra* sous 11 *b*. En vérité, on se demande avec angoisse quel critérium nous resterait de l'exactitude de nos traductions quand nous serions convenus de supprimer le critérium grammatical, le plus précieux de tous dans toutes les littératures.

[3] Déjà dans Bergaigne-Henry, *Man. Véd.*, p. 241.

vent être que des « ex-crétions », et aussi M. Geldner concède-t-il pour les *çirṣaṇyā niṣpādas* de *T. S.*, VII, 2, 10, 4 le sens « ordure de tête », d'où il y a loin à « crinière artificielle », à plus forte raison s'il s'agit de *niṣpādas* tout court et sans épithète. Ailleurs le mot glose *çákṛt* (Bloomfield) : donc « bouse »; mais, comme la différence n'est pas grande d'une excrétion à une sécrétion, et que l'une a pu se substituer à l'autre pour la commodité de la versification, je serais assez disposé à traduire par « urine » et à voir dans 6 *d* la continuation de l'idée exprimée en 5 *b*. Sans doute, dans la rapidité de la course, la bouse du taureau peut rejaillir sur le cocher; sans doute aussi, le trait peut ne pas appartenir au mythe primitif et avoir été imaginé par la fantaisie d'un conteur pour peindre aux yeux cette rapidité même; toutefois le détail semble bien naïf et bien cru pour n'être point d'origine naturaliste, et dans cet ordre d'idées il est plus malaisé d'identifier la bouse que l'eau. Dans tel autre tableau de l'orage, aussi sous forme d'énigme [1], la nuée est la vache que le taureau mugissant couvre et inonde de de son sperme; ici, elle est la conductrice du char qu'éclabousse l'urine du taureau coureur : représentations diverses, symbolisme identique et transparent.

[1] Combiner *R. V.*, I, 164, 8 et 29 = *A. V.*, IX, 9, 8, 10, 7 : Henry, *A. V.*, VIII-IX, p. 108, 110, 146 et 150.

## VII

« Et il en ajusta la jante, lui qui sait; | il y attela le taureau, lui qui risque le coup. || Indra seconda l'époux des vaches | le bossu courut à enjambées. »

*a*. Il s'agit de Mudgala, et le verbe doit évidemment se traduire par un plus-que-parfait; car, s'il s'agissait, comme je le conjecture en 8 *b*, d'un accident arrivé en cours de route, l'opération d'atteler n'interviendrait pas immédiatement après. Mudgala ne borne point son habileté au rôle de combattant, comme Indra qui se fait fabriquer son char ou son foudre par Tvaṣṭar ou les Ṛbhus : il est aussi charpentier *vidvân*, et c'est lui-même qui a construit son chariot.

*b*. C'est M. Geldner qui traduit *çikṣan* par « den Versuch wagend », et je crois qu'il est absolument dans le vrai, à une condition toutefois : il faut que *çikṣan* équivaille à *upaçikṣan*, dont le sens est assuré [1]. Or, cette équivalence, elle aussi, est assurée pour notre passage par la présence du préfixe *úpa*, qui, placé devant *ayunag*, envoie, si je puis dire, comme un reflet à *çikṣan* et sert accessoirement à en modifier le sens. L'observation est insignifiante, et pourtant je l'insinue en passant, parce qu'à mon estime on ne fait pas assez attention à ces menus artifices

[1] *A. V.*, XI, 8, 17. Dans tous les emplois cités, *çikṣ* tout court est purement désidératif et se traduira très bien par « *désirer pouvoir* »

de concision, dont les poètes védiques sont coutumiers pour enchâsser une proposition dans le cadre étroit et immuable de leur vers. Si on les observait mieux, on s'apercevrait que la grammaire du Véda est tout à la fois plus sévère et plus élastique qu'on ne pense : sévère, quoi qu'on en dise, quant aux formes et même à leur emploi; mais élastique quant à l'expression.

*c-d.* Rappel de l'idée exprimée dans la stance 1 : le taureau est le favori d'Indra, et la bosse, comme les *muṣkās*, est un de ses attributs spécifiques.

## VIII

« Il marchait avec succès, armé d'un aiguillon, les cheveux en tresse, | attachant la pièce de bois à la courroie; || accomplissant des exploits en faveur d'un grand nombre d'hommes, | lorsqu'il eut vu les vaches il revêtit les vigueurs. »

Cette stance descriptive s'applique à Mudgala, et non au taureau : ainsi qu'on l'a fait observer, on n'y relève pas un trait qui ne soit humain, — ou divin, ce qui revient au même, — pas un trait qui ne convienne littéralement à Indra, à la seule réserve de *kapardî*, épithète spécifique de Rudra. Le datif *bahúve jánāya* ne peut guère signifier « en présence d'une foule » (Geldner) : c'est « en faveur des hommes » de sa tribu que le personnage divin comme un grand chef de guerre, accomplit ses exploits. Le prix de son héroïsme, c'est la conquête des vaches : il est donc naturel qu'à les apercevoir son ardeur redouble. Tout se tient fort bien, et le seul vers embarrassant, c'est le second, qui semble une cheville, et même une cheville étonnamment maladroite, s'il signifie, comme il en a l'air, que Mudgala attelle son chariot; car le moment est passé de parler des préliminaires[1]. Le verbe moyen *ānáhyamānaḥ* pourrait-il avoir le sens passif et signifier « attelé »? Oui, peut-être, avec quelque complaisance; mais alors il s'appliquerait au taureau, qui, encore une fois, est ici hors de cause; et d'ailleurs, dans cette hypothèse, que faire de l'accusatif *dâru*, qui grammaticalement et logiquement ne peut être régi que par un verbe actif? On s'y perd.

Il y a cependant une manière fort simple de s'en tirer : c'est la conjecture à laquelle nous songions, pour l'écarter, sous la stance 7; ici un accident au cours de la route serait parfaitement à sa place. Ce Mudgala a toutes les audaces et toutes les adresses ; une courroie d'attelage s'est rompue ou détachée, ou peut-être même les ennemis l'ont-ils coupée; lui, sans s'arrêter (*acarat*), en continuant à tenir l'aiguillon (*aṣṭrâvî*), et apparemment sans lâcher non plus sa massue dont on ne nous parle pas, il rattache le trait et confond ce nouveau stratagème.

La conjecture est-elle arbitraire? Je ne le crois pas, pour peu qu'on m'accorde en matière védique

[1] Observer que le participe est *au présent* et implique par conséquent un acte momentané et actuel, soit « he is binding ».

le principe d'interprétation bien modeste que je défends en toute occurence[1] et qu'en bonne conscience je ne prétends point avoir inventé : partir de l'idée que l'auteur a voulu dire quelque chose, et conséquemment interpréter le texte dans la bienveillante présomption qu'il ait un sens quelconque, plutôt que dans celle où il n'en aurait point du tout et ne serait qu'un vain cliquetis de mots enfilés au hasard.

Je ne pense pas qu'il y ait lieu non plus de fournir de cette circonstance accessoire une explication mythologique précise : l'orage va vite et rien ne l'arrête, telle est la donnée sur laquelle on a brodé. Rien ne serait plus subjectif, plus contraire à ce que nous savons du développement historique des fables, et des alluvions qui les accroissent d'âge en âge, que d'en vouloir faire rentrer tous les détails dans un lit rectiligne et artificiellement endigué. Une fois que Mudgala fut tenu pour un guerrier et un cocher hors de pair, rien ne fut plus légitime que de se le figurer raccommodant à la course les traits de son char brisés par accident ou coupés par l'ennemi[2]. Tenons-nous-en donc là; un pas de plus nous ferait marcher sans guide.

[1] V. Henry, *Mém. Soc. Ling.*, IX, p. 97 sq., n° 4.

[2] Et toutefois, si la «lanière du suc» (l'éclair qui fait tomber la pluie, *A. V.*, IX, 1, 1 = Henry, *A. V.*, VIII-IX, p. 81 et 115) est d'un symbolisme fort clair, il ne serait pas impossible de rattacher la «courroie rompue» à une métaphore de même goût.

## IX

« Vois ici le compagnon du taureau, | le marteau gisant au milieu de l'arène, || grâce auquel fut conquis un centuple millier | de vaches par Mudgala, dans les combats. »

*a*. On a vu que le *drughaṇá* en b ne peut être qu'une sorte de hache ou de massue. Je maintiens « marteau » pour lui conserver son genre masculin. Pourtant, de l'épithète *vṛṣabhásya yúñjam*, on a cru pouvoir sans témérité induire que le *drughaṇá* est un « objet en bois » attelé au chariot sous le même joug que le taureau. Si telle était l'acception usuelle de *yúñj*, ce serait là, à coup sûr, la partie la plus solide de l'argumentation de M. Geldner. Reportons-nous donc au Dictionnaire de Grassmann, qui semble l'avoir prévue et, sans penser à mal, l'anéantit en deux lignes : « 3 *c*., das mit einem andern Zugthier zusammen an demselben Wagen ziehende Zugthier, nur 925,9 » (notre passage) « wo aber auch der allgemeine Begriff *Gefährte* ausreichen würde. » Je me reprocherais d'insister. Quoi ! *yúñj* ne signifie nulle part « compagnon d'attelage », et on voudrait lui donner ce sens dans l'unique cas où il faut torturer l'acception usuelle et connue de *drughaṇá* pour en faire une manière de bête de somme attelée à un chariot ! La solution s'impose : le *drughaṇá* est le marteau de Mudgala, le *yúnj* est simplement un « compagnon » tout court, et l'arme est la compagne du taureau, en ce qu'elle voyage sur le chariot qu'il traîne, en ce qu'ils sont tous deux les auxiliaires du guerrier. Rien de plus.

*b*. La foudre, que représente le *drughaṇá* comme en maint autre endroit le *vájra*, tombe au milieu de l'arène ou du champ de bataille[1], de la même façon et par la même raison que la pluie figurée en 5 b par l'urine du taureau.

## X

« Arrière les fléaux! Qui a vu pareille chose? | celui qu'ils attellent, ils le font monter dessus; || ils ne lui apportent ni fourrage ni eau; | placé sous le joug, il traîne en dirigeant. »

*a*. Cette suite de menues énigmes, déjà parfaitement analysée par Bergaigne[2], débute par une formule de bénédiction, — car les exploits d'Indra-Mudgala anéantissent les monstres et les fléaux, — puis s'amorce par une de ces interrogations qui fort

[1] Il ne faudrait par arguer de *kā́ṣṭhāyūs* en faveur d'une course de chars : il est vrai que *kā́ṣṭhā* diffère d'*āji* (5 b), en ce que celui-ci peut signifier « carrière », tandis que celui-là le signifie toujours; mais un champ de bataille qui est le théâtre d'une course aussi furieuse peut bien, par métaphore au moins, être dit « champ de course ». Disons « arène » pour tout concilier.

[2] *Rel. véd.*, II, p. 281. A cela près, bien entendu, qu'il voit un mystère liturgique là où je ne saurais voir qu'une énigme naturaliste.

souvent servent d'introduction ou de clausule aux formulettes très compliquées, très hérissées de détails, pourtant bien simples au fond, et dont la traduction la plus adéquate serait en bon français : « Devine un peu ce que c'est! »

*b.* L'attelé et l'occupant du char, c'est même chose? Sans doute, puisque le taureau et le Dieu ne font qu'un, que souvent, ou même toujours, Indra ou Parjanya, le génie de l'orage enfin, est un taureau mugissant, et que sa nature animale apparaît constamment, non seulement dans le nom qu'on lui donne, mais dans les attributs dont on le décore. Formule primitive : « Quel est le char qui est monté par celui qu'on y attelle? »

*c.* Ceci est trop simple pour qu'on s'attarde à l'expliquer. Formule : « Quel est le taureau qui ne boit ni ne mange? »

*d.* L'idée est la même qu'en b, avec une légère variante : « Quel est le char que dirige celui qu'on y attelle? » Le taureau se trouve ainsi successivement identifié au cocher et au guerrier du char, à Mudgala et à Mudgalānī : syncrétisme irréprochable; tous quatre, y compris le marteau, ne font qu'un.

## XI

« Comme une sorte d'épouse de roi elle a atteint l'obtention d'un époux, | elle qui se gonfle comme lui qui irrigue à pleine pompe. || En compagnie de la désirable conductrice puissions-nous vaincre! | puisse ce qui porte bonheur et a un lien être la conquête! »

*a*. Si nous ne nous étions rigoureusement interdit toute correction[1], la tentation serait forte de changer une diphtongue et d'ajouter un accent, de substituer *parivṛktaívá* à *parivṛktéva*, de traduire enfin : « bien que [d'abord] négligée, elle n'a pas laissé de trouver un époux. » Nous aurions une allusion au mythe bien connu de la délaissée qui épouse le fils du roi. Mais cette notion nous est inutile, et peut-être même y aurait-il danger à l'introduire. M. Bloomfield, heureusement, nous a frayé une voie plus prudente : *parivṛktá* est, de toute antiquité, le nom technique de l'une des épouses du roi, et ce nom a été appelé ici, de préférence à tout autre, par la mesure du vers, qui ne signifie autre chose, sinon que Mudgalânî « s'est mariée en qualité de reine », c'est-à-dire, peut-être, qu'elle est de condition royale, et sûrement qu'elle a épousé un roi.

*b*. Ce n'est pas le seul point de vue auquel les deux époux paraissent parfaitement assortis; car elle regorge de sève, et lui, il la verse à flots. On me permettra de glisser, soit sur le sens trop clair du verset en tant que visant un couple humain, soit sur son application trop évidente aussi au Dieu et à

[1] Rigueur commandée par l'étrangeté même du texte : une correction admise ouvrirait immédiatement la porte à vingt autres.

la Déesse de l'orage. Mais, puisqu'on a accumulé à plaisir les difficultés autour de ce passage qu'il était pourtant si simple de traduire mot pour mot, on ne trouvera pas superflue la justification rapide d'une version qui en fait est la seule possible : avant de chercher dans *siñcán* un équivalent de *siñcántam* (Geldner) ou de *siñcántī* (Bloomfield), — ce qui, je le répète, suppose en grammaire védique une inadmissible tolérance d'incorrection, — n'eût-on pu songer à le traduire comme *siñcán* tout bonnement? Mais oui : l'épouse, qui est *pīpyānā*, ressemble en ce trait (*iva*) à son époux qui est *siñcán*, et ils font bien la paire; c'est tout ce que dit le poète.

Reste l'inintelligible *kúcakreṇa*. Que dire d'un ἅπαξ de ce genre, sinon qu'il faut, ou en désespérer à jamais, ou le traduire de la manière à la fois la plus conforme à son étymologie apparente et la mieux concordante au passage où il se lit? Or *kúcakra* ne reproduit qu'imparfaitement *kuca* « mamelle », dont l'accent est inconnu et qui n'est point védique, et il faut convenir que ce sens cadre mal avec sa dépendance d'un participe masculin; tandis qu'il rappelle d'emblée *cakrá* « roue », et même son composé *kúpacakra* « roue de puits », c'est-à-dire « pompe », attribut fort légitime du nuage pluvieux. Lorsque M. Geldner, guidé par ces considérations, traduit ce *kúcakra* par « mauvaise pompe », il oublie seulement que *cakrá* tout seul ne saurait signifier « pompe », et que dès lors *kúcakra*, en y supposant le préfixe péjoratif, ne pourrait tout au plus fournir que le sens de « mauvaise roue ». Mais il y a plus : le vers n'a que dix syllabes; on lui en rétablit onze si l'on scande *pípiānā* en quatre temps, mais cette scansion est insolite et donne une brève au 2e temps du vers, double et grave défaut; au contraire, en lisant *pipyānā kúpa-cakreṇeva siñcán*, on a un vers excellent, bien prosodique, et régulièrement coupé après le 5e temps entre les deux termes du composé. Je ne pousserai pas plus avant, d'autant que je me suis engagé à ne rien corriger, et que je serais d'ailleurs fort empêché d'expliquer la perte de la syllabe *pa*[1]. Mais enfin ce n'est pas une telle rareté qu'une syllabe restée dans la plume d'un scribe; et, quoi qu'on doive penser de celle-ci, j'espère qu'on tiendra le sens de la demi-stance pour définitivement arrêté.

*c.-d.* Cette prière pour la pluie se passe de commentaire. A la rigueur on pourrait contester le sens de *sínavad*, qui importe peu; car, si le mot signifie « riche », la pensée demeure la même, quoique moins précise. Pour moi comme pour Bergaigne[2], *sína* signifie « lien » et jamais « richesse ». Ce qu'il n'a pas vu dans l'espèce, c'est que l'épithète désigne, par une périphrase raffinée, une certaine richesse, la plus précieuse de toutes : « ce qui est lié et porte bonheur » (cf. 2 b), ce sont les bestiaux, de la con-

[1] Autre difficulté : un composé pareil devrait rigoureusement s'accentuer, non **kúpacakra*, mais **kūpacakrá*, en sorte qu'il faudrait aussi changer l'accent. Mais l'accent des composés est parfois bien capricieux.

[2] *Rel. véd.*, II, p. 200, n. 3, et III, p. 97, n. 1.

quête desquels il est question tout le long du morceau, et dont la multiplication, d'autre part, dépend essentiellement de la pluie implorée[1]. Ainsi l'idée propre et sa métaphore jouent ensemble d'un bout à l'autre de notre hymne.

## XII

« Toi, de tout être vivant, | ô Indra, tu es l'œil de l'œil[2], || en ce que, étant mâle, tu conquiers avec l'aide du mâle (?), | en l'incitant en compagnie de l'eunuque. »

Il est assez rare que la dernière stance d'un hymne védique ait une réelle importance : ce n'est, la plupart du temps, qu'une invocation banale et une gauche addition. Je n'ai donc traduit que pour la forme. La première demi-stance est l'insignifiance même. Dans la seconde, *vṛ́ṣaṇā* ne peut grammaticalement signifier que « les deux mâles »; cependant tous mes devanciers ont traduit « avec le mâle » (le taureau), et je crois, somme toute, qu'ils ont bien fait, admettant la forme régulière *vṛṣṇā́* scandée avec *ṇ* vocalique intérieur pour satisfaire au mètre, puis changée en *vṛ́ṣaṇā* par la fausse transcription de la

[1] Cf. le rapport constant établi entre la pluie et les bestiaux par l'hymne A. V., xi, 4, notamment st. 4 et 5.

[2] A peu près inintelligible. L'antithèse courante de *jágataç* semble presque imposer, au lieu de *cákṣuṣaḥ*, la correction *tasthúṣaḥ*, qui donne le sens : « tu es l'œil des êtres mobiles et immobiles » = « l'œil du monde entier » (le soleil).

résonnance de l'*ṇ*-voyelle[1]; mais tout cela n'est encore que verbiage. Le seul détail auquel on puisse raisonnablement s'arrêter, c'est celui qui clôt l'hymne, la mention du « châtré ». Mais il faudrait n'avoir jamais entendu parler des « chevaux hongres » menés à la conquête ou de celui qui les conduit (Vadhryaçva), pour se laisser imposer la croyance que le « hongre » ainsi mené de conserve avec le « mâle » pût être ici un « taureau de bois ». Le plus qu'on puisse dire de ce verset, c'est que, consacré à la glorification d'Indra, il a paru bien placé à la clausule d'un hymne qui chantait les exploits de deux protégés du Dieu, mais qu'en fait il n'a, de près ni de loin, rien à voir à ces exploits eux-mêmes.

---

Négligeant désormais cette stance adventice et sans valeur, je donne de l'hymne une traduction d'ensemble, où je m'efforce de mon mieux à reproduire le coloris et le mouvement lyriques : en littérature, s'il faut comprendre pour sentir, encore ne comprend-on à fond qu'après qu'on a senti; et cela est vrai surtout, pour bien des raisons, de la littérature védique.

« Hymne de Mugdala.

(1) Daigne le valeureux Indra seconder la marche

[1] Cf. la forme également incorrecte *vṛsaṇaḥ* au lieu de *vṛṣṇáḥ* *A.V.*, XI, 2, 22, la forme conjecturalement similaire *anāmanát* A.V., XII, 4, 5, et V. Henry, *A.V.*, X-XII, p. 250 et 257 (12).

de ton char dévastateur! Ô Dieu que les hommes implorent en foule, sois notre protecteur en ce combat : qu'il nous procure gloire et richesse! — (2) Voyez flotter au vent le manteau de Mudgalānī, qui s'en va conquérir le butin par milliers! Car c'est elle qui conduit le char, elle Indrasenā, qui entasse ses gains à plaisir. — (3) Retiens, ô Indra, le foudre de l'assaillant qui nous menace de ses coups; écarte et chasse, ô Maghavan, l'arme meurtrière de l'ennemi, Barbare ou Ārya. — (4) Le taureau, dans son ardeur, a bu tout un lac, et le marteau vole, broyant les ennemis; car, dans son désir de gloire et de conquête, le taureau s'avance d'un élan rapide. — (5) En vain ils l'abordent et le provoquent à mugir; en vain ils l'ont contraint à uriner à mi-chemin : il a fait conquérir à Mudgala un riche butin de cent mille vaches grasses. — (6) C'est pour le combat qu'en l'attela : le guerrier chevelu qu'il trainait poussa un grand cri; et, tandis qu'il courait fougueux, emportant le chariot, son urine rejaillit jusque sur Mudgalānī. — (7) Mudgala avait ajusté la jante de la roue, il avait attelé le taureau et tenté la fortune des armes; mais c'est Indra qui a donné la victoire au bossu, mâle des vaches, en le faisant courir à vastes enjambées. — (8) Il n'a pas suspendu sa course prospère, le chevelu, armé de l'aiguillon, tandis qu'il rattachait au timon le trait rompu. Il accomplit ses exploits en faveur des tribus humaines. A l'aspect des vaches il sentit redoubler son ardente vigueur. — (9) Voyez ici l'auxiliaire du taureau, le marteau lancé par Mudgala, gisant au milieu de l'arène, le marteau qui lui fit conquérir cent mille vaches dans l'ardeur de la mêlée! — (10) Arrière les fléaux! Qui a vu pareil miracle? Celui qu'on attelle est le même qui monte le char; on ne lui donne point d'eau à boire ni d'herbe à manger; il est sous le joug, il traîne, et c'est lui qui conduit. — (11) Mudgalānī a épousé un roi digne d'elle, elle pleine de sève, lui versant la sève à flots. Sous les précieux auspices du char qu'elle conduit, puisse la victoire nous échoir et le bétail prospère être notre conquête! »

Que l'on considère maintenant de la base au faîte cette curieuse végétation poétique, et qu'on dise de bonne foi s'il est possible d'y voir autre chose que ce que j'y ai vu : à l'épanouissement des rameaux, une superbe efflorescence de lyrisme; à la racine, deux ou trois concepts naturalistes, aussi clairs que rudimentaires, compliqués seulement par le raffinement qui les a tournés en énigmes, mais exactement corrélatifs aux phases du drame qui se joue au ciel et sur terre durant l'orage.

---

J'ai dit en commençant que je ne voyais point du tout la nécessité de supposer que cette ode en « beau désordre » fût la mise en œuvre d'un récit, d'un conte préexistant et déjà fixé au temps de sa composition : elle peut fort bien n'être qu'une brillante variation exécutée sur un thème épique encore très vague et flottant. Mais enfin le conte, l'*itihāsa*, si l'on veut, n'a rien en soi d'inacceptable, et, après avoir dû refuser à M. Geldner la plupart de ses téméraires inductions, il semble équitable de lui accorder en terminant cette satisfaction suprême, ne fût-ce qu'en reconnaissance de ce que lui doit tout au moins d'extrinsèque l'exégèse de notre morceau. Reconstituons-le donc, ce récit hypothétique, non pas, bien entendu, d'après les éléments tirés de la littérature postérieure, mais exclusivement d'après ceux que nous fournit l'hymne lui-même, mis en pièces, puis reconstruit en ordre narratif. La contre-épreuve sera décisive; car le caractère restera le même, et les données mythiques toujours pleinement reconnaissables sous le léger déguisement qui les voile à peine.

« Il était une fois un roi et une reine (11 a), nommés Mudgala le Chevelu (6 b, 8 a) et Indrasenā Mudgalānī (2 c d), couple bien assorti, débordant de jeunesse et de vigueur (11 b). Ils partirent en guerre pour leur peuple sur un chariot attelé d'un taureau (6 a, 8 c). Protège-les, ô Indra, car ils sont tes fidèles (1, 3, 12). Mudgala avait fabriqué le chariot (7 a) et attelé le taureau (7 b). C'est un singulier taureau (10 a) : il ne mange ni ne boit (10 c); quand il traîne le char, c'est lui-même qui le monte (10 b) et lui-même qui le conduit (10 d). Le char était monté[1] par Mudgala, armé d'une massue fou-

[1] Ainsi, le taureau monte le char, et c'est Mudgala qui le monte;

droyante (4 b), et conduit par Mudgalânî (2 c), dont le manteau flottait au vent (2 a). Avant de se mettre en route, le taureau fut si altéré qu'il épuisa l'eau d'un lac (4 a); mais il ne laissa pas de courir d'un élan irrésistible (4 c d). Les ennemis l'abordèrent, et il poussa un formidable mugissement (5 a), que le héros appuya d'un cri sauvage (6 b). Cependant les ennemis réussirent à le faire uriner (5 b), parce qu'il avait beaucoup bu; mais il n'en continua pas moins à courir (6 c) d'un vol si rapide que même Mudgalânî en fut éclaboussée (6 d); car la protection d'Indra l'accompagnait et soutenait son ardeur (7 c d). Alors les ennemis coupèrent un des traits du char; mais Mudgala le rattacha sans cesser de courir et de tenir l'aiguillon (8 a b). Il parvint ainsi jusqu'aux retraites où l'ennemi cachait son bétail, et, lorsqu'il aperçut les vaches, prix de la victoire, il redoubla d'héroïsme (8 c d). Bref, il écrasa tous les ennemis, puis lança au milieu de l'arène sa massue devenue inutile (9 a b). Les deux époux ramenèrent de cette expédition un vaste butin en vaches (5 c d, 9 c d) et en richesses de toute sorte (2 b d). Souhaitons qu'il nous en advienne autant (11 c d). »

Que l'on presse, que l'on torture en cent façons

il le conduit, et c'est Mudgalânî qui conduit; il ne boit jamais, et il va vider un lac : ne pas s'arrêter à ces énormes contradictions, qui sont l'essence même d'un conte fait de pièces et de morceaux, c'est-à-dire de bribes de devinettes sans lien entre elles, cousues ensemble au hasard.

le texte védique : on n'en tirera pas autre chose. Qu'on invoque en témoignage les récits plus récents : ils seront toujours suspects d'avoir ajouté à la donnée première ce qu'ils contiennent en plus. La première de toutes les règles de critique exégétique devrait être, ce semble, — quant à la lettre d'un texte douteux, de la modifier le moins possible, — quant à l'esprit, de ne pas recourir à un secours étranger pour interpréter ce qui s'explique fort bien tout seul.

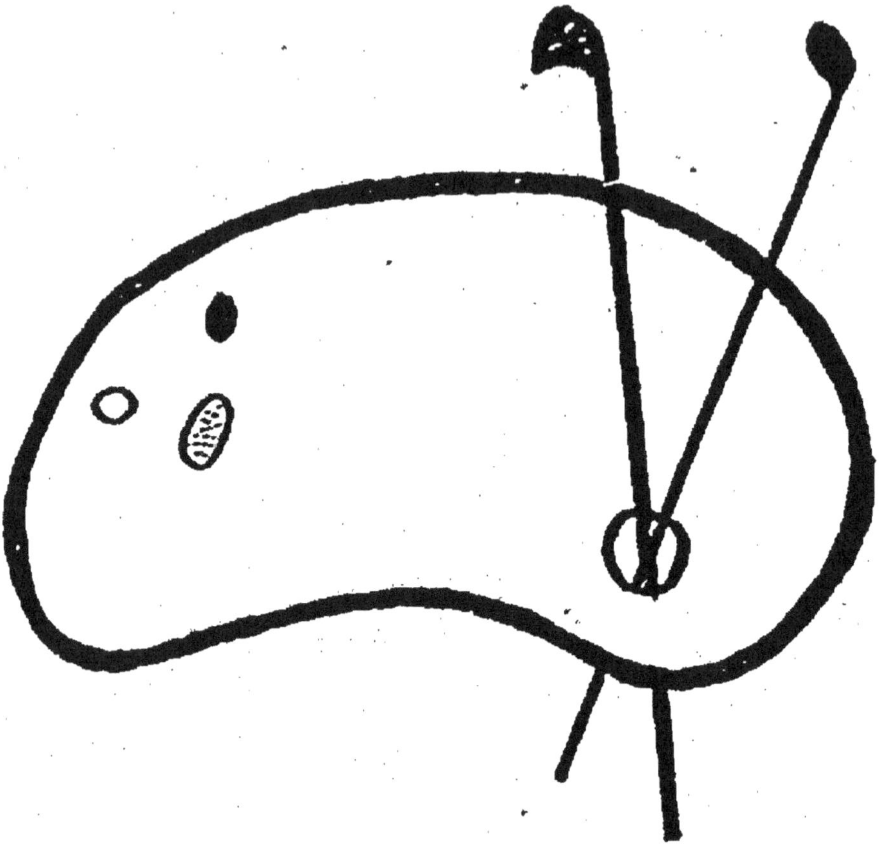

www.ingramcontent.com/pod-product-compliance
Lightning Source LLC
Chambersburg PA
CBHW071256210626
46818CB00013B/1463
*9782019610173*